マイ フレンド ストーリー

My Friend Story

ささき まきほ
Makiho Sasaki

文芸社

あなたにはお友達がいますか？

つい強がってしまうあなたや、
見栄っ張りなあなたや、
それなのに時々どうしようもなく
気弱になってしまうあなたに。

ここに、各国の王子様、お姫様が通う学校があります。
　王子様に必要な聡明さや、お姫様に必要な清楚さ、知識や品格だけでなく、病気をしない頑丈な体をつくることも、全て教えてくれる学校です。

　今年の入学者は三人。
　黒い巻き毛に勝気な藍色の瞳を持つジャン・リュック王子は、なぜかいつも不機嫌そうです。
　銀の髪のアレン王子は長い前髪が特徴で、きれいな緑色の瞳が片方しか見えません。そしていつも白い手袋をつけていました。
　そして今年唯一のお姫様は、とても六歳には見えないほど背が小さくてガリガリに痩せていて、薄い茶色のくせ毛と金茶色の瞳を持っていました。未熟児で生まれたお姫様は全身を髪と同じ色の産毛で覆われていたため、その容姿からリトル・ベアという名前を付けられました。

　これはその三人のお話です。

マイ　フレンド　ストーリー　目次

第一話　子熊という名のお姫様　7

第二話　『名を継げぬ』王子様　29

第三話　紅い目を持つ『悪魔』の王子様　51

第四話　私の友達のお話　67

第一話　子熊という名のお姫様

　リトル・ベア姫は、その体の小ささから内臓の機能も弱く、たくさんの食べ物を一度に摂ることができません。そのため、いつも栄養補給のための飲み物を持ち歩いています。
　しかしその飲み物からはミルクにお薬の混じったような匂いがしていて、ジャン・リュック王子はその匂いが大嫌いでした。リトル・ベア姫が自分の近くに来るとあからさまに嫌そうな顔をし、ときには声を荒げて遠ざけようとしました。

　リトル・ベア姫はいつも滑稽な格好をしていました。でもそれは小さすぎる体にちょうど合う服がなく、無理やり着こなしていたからでした。
　まとまらないくせ毛は無造作に結わえられ、リボンは左右違う色が結ばれていました。
　ほかのお姫様たちにはそれぞれ専属のお世話係がいて身の回りを整えてくれましたが、リトル・ベア姫にはそういった

第一話　子熊という名のお姫様

者がいません。
　アレン王子は、いつも優しい言葉をかけてくれました。挨拶も忘れずしました。移動教室のときは必ず教えてあげました。しかし決して、リトル・ベア姫の手を取ろうとはしませんでした。一見お姫様らしからぬ格好をしたリトル・ベア姫と一緒に並ぶことで、自分も同じように見られることを嫌がったのです。

　二人にそんな態度を取られる時、リトル・ベア姫は少し寂しそうな顔をしましたが、そうやってみんなに避けられることはもっと小さい頃から慣れていたので、あまり気にしませんでした。

　そんなある日、担任のパウリー先生がこんなことを言いました。
「三ヵ月後の音楽発表会に、三人で力を合わせて一曲披露してください」
　そしてこう付け加えました。

「もちろん服装からお辞儀まで、すべての礼儀作法も評価されますからね」

それを聞いて王子二人は思わず顔を見合わせました。

笛を吹けば息が続かず、ピアノは右手の指一本だけでしか鍵盤が叩けず、バイオリンは弦が押さえきれない、歌にいたっては声すら出ないというリトル・ベア姫に、何の楽器が出来るというのでしょう？　おまけに礼儀作法……曲がりなりにもお姫様だというのに、国では一切そういう教育を受けてこなかった（らしい）リトル・ベア姫に、たった三ヶ月でそれらが全て出来るとは到底思えなかったのです。

ジャン・リュック王子はパウリー先生に抗議しましたが、先生は、

「どの学年も自分達の力だけで企画も練習もするのです。あなたたちも三人で相談して決めてください」

と、かけると少しツリ目に見える眼鏡をくいと上げて、キッパリと言いました。

ジャン・リュック王子はしばらくぶちぶちと文句を言っていましたが、諦めたように大きなため息をひとつ吐いたあと、

第一話　子熊という名のお姫様

　いつものように二人から離れて教室の隅にぽつんと座り込んでいるリトル・ベア姫を呼んで、
「何を演奏するか決めるから、こっちに来いよ」
と、ぶっきらぼうに言いました。
　リトル・ベア姫はしばらくの間どうしようか考えていましたが、二人がじっと自分のほうを見続けるので、ようやく立ち上がり、自分の椅子をギーギーと引きずりながら、おずおずと近付いていきました。
　そして、二人が座る場所から机二つ分ぐらいの間を空けて、体をきゅっと縮こませるようにちんまり座りました。
　にらむように見るジャン・リュック王子とは対照的に、アレン王子は目が合うとにっこり笑ってくれました。その笑みにほんの少しほっとして、リトル・ベア姫はほろっと口元がゆるみました。
　アレン王子は、不完全ながらも初めて笑った（ような）リトル・ベア姫の顔を見て、
「なんだ、笑うと可愛いね」
少しびっくりして思わず言いました。

そのまましばらくじーっとリトル・ベア姫の顔を見続けました。リトル・ベア姫はそんなにまじまじと見られたことが今まで一度もなかったので、どうしたらいいのか分からなくなり、ただ必死に見返しました。
　アレン王子はようやく納得いったのか、乗り出していた体を椅子の背もたれに戻し、満足気に笑いました（それもさっきとは違って、社交辞令の感じられない、心からの笑顔でした）。
　そして、
「ちゃんと似合うドレスと髪形にすれば、見た目は何とかなりそうだよ」
　ジャン・リュック王子に向かってそう言いました。ジャン・リュック王子は眉根を寄せて、信じられないとでも言いたげな顔をしました。それでも、
「おまえがそう言うなら、礼儀作法に関しては一任するよ」
　と（またひとつため息を吐き）しぶしぶながら言いました。
「じゃあ俺は、こいつでも何とか出来そうな楽器を探してみるかなあ……」

第一話　子熊という名のお姫様

　ぐんと椅子にのけ反り、天井を仰ぎながらつぶやきました。
　リトル・ベア姫は二人のやり取りの内容がよく理解できず、終始きょとんとした顔で王子たちを見ていました。

「僕には姉上が一人いてね、とにかくお洒落にうるさいんだ。男の僕相手にドレスの色や形、それに似合う髪形、靴や小物選びまで教え込んでね」
　アレン王子は心底困ったような顔をしながら、リトル・ベア姫の、ろくに梳かないためくしゃくしゃに絡んだ柔らかすぎる髪を、丁寧に丁寧にほぐします。
　リトル・ベア姫は初めのうちは体を硬くして髪を触られるたびにびくびくと反応していましたが、アレン王子の指がすごく優しくてまるで撫でられているような感覚になり、いつしかうっとりとしてしまっていました。
「おかげで詳しくなって、いまでは姉上より僕のほうがセンスが良いって言われるまでになったよ」
　時間をかけて梳きほぐしふわふわになった髪に、次は細かい三つ編みをバランスよくいくつも編んでいきます。その三

つ編みに細いリボンを巻きつけ……
「はい、できあがり。どうかな?」
　あまりの気持ち良さにうとうとし始めていたリトル・ベア姫は、アレン王子に背中をぽんと叩かれ、思わず椅子から飛び上がりそうになりました。アレン王子はその様子を見てくすりと小さく笑い、次にドレスを選び始めました。
「細すぎる体にはハイウエストのすっきりしたデザインのドレスを。大きな腰のリボンに綺麗なレースを重ねて……靴は編み上げのバレエシューズ。
　ほら、どう?　髪とのバランスも良いでしょ?」
　次々に選んではどんどんリトル・ベア姫に着せていき……そうして姿鏡の前に立たされたリトル・ベア姫は、そこに映る女の子の姿を見てびっくりして固まってしまいました。
　綺麗に整えられた綿毛のような髪のあちらこちらにはたくさんのリボンが飾られていて、それはまるで気持ち良さげに風にそよぐ小花が咲いているように見えました。
　その髪型はリトル・ベア姫の小さな顔をいっそう際立たせていて、大きな金茶の瞳はひときわ大きく咲く向日葵のよう

第一話　子熊という名のお姫様

にも見えましたし、小さい桃色の唇は可憐に咲く桜草にも見えました。

　裾に向かって広がるマーメイドラインのドレスは腰のリボン以外は飾りがないシンプルなものでしたが、ふわふわな髪とのバランスがちょうど良く、かえって可愛らしい印象を感じさせました。

　全身のコーディネイトを終えて、アレン王子が満足気にうなずきました。

「……へえ、見違えたな」

　二人から少し離れたところで出来上がりを待っていたジャン・リュック王子が、リトル・ベア姫の正面に回り込み、その出来映えに感嘆の声を上げました。頭のてっぺんから爪先まで見下ろすように見た後、ふんと鼻息を荒く吐き、腕を組んで

「ま、見た目だけは何とか合格だな」

と、初めてリトル・ベア姫に向かって（しぶしぶと仕方なさげではありましたが）笑いかけました。

次の日から、アレン王子とマンツーマンでの礼儀作法特訓が始まりました。
　まずはお辞儀からでした。一方向にしか動かない関節を持つ木製の人形のように、カキンコキンと音がしそうな硬いお辞儀。思わずアレン王子は頭を抱えて絶句してしまいました。
　もちろん二人の特訓を横で見ていたジャン・リュック王子も同様で、（誰に遠慮もせずに）心底呆れたため息を吐きました。
　自分に対してそういう反応をされることに慣れているはずのリトル・ベア姫も、さすがにここ何日かの二人の一生懸命さが分かり、申し訳なくなって項垂れました。
「……まあ、できないものは仕方ないから、これからがんばるしかないね」
　ため息を飲み込むようにアレン王子がくぐもった声で言い、ジャン・リュック王子は天を仰いで鼻息も荒く首を傾げました。
　リトル・ベア姫の返事は声にならず、ようやっとうなずきました。

その後も何度もお辞儀の練習をしますが、どうにも堅い印象が抜けず、アレン王子はその原因について考えをめぐらせていました。

（そういえば……）

入学してからのリトル・ベア姫のことを思い返してみました。

いつも教室の隅のほうで小さく縮こまっている姿や、（ここ何日かはそうでもないですが）まともに目すら合わせたことがないこと、そういえば髪を梳いたときもずっとびくびくしていたことなど……。

「……あれ？」

アレン王子は思い返しているうちにあることに気がつき、思わずリトル・ベア姫をまじまじと見つめました。

リトル・ベア姫はアレン王子の突然の様子に、どうしたら良いのかわからず、しかし視線は外さず、負けじと見つめ返していました。

相変わらず木の人形のように硬くした体……それなのに、

「僕、君の声を聞いたことがないね！」

その事実に気がついた驚き半分、そしてそのことにいま初めて気がついた自分に対して愕然とすること半分で、普段出したことのない大きな声を思わず出していました。

「やっぱりまず、彼女のことを知ることが先決だと思うんだ」
「まあ、確かに……俺たちはまともに話をしたことすらないんだしな。こいつのことなんにも知らないのに、勝手に急ぎすぎたかもしれない」
　礼儀作法特訓は一時休止、最近はよく見る光景となった、三人で円を作るように椅子に座ります。
　話をしながらも二人の王子は、時々リトル・ベア姫に目をやります。そのたびにリトル・ベア姫は、ビニール製の人形が握られたときに鳴るきゅっという音が聞こえそうに、一瞬一瞬身を縮めます。
　その様子を見てジャン・リュック王子は、まるで新しいおもちゃを見つけたみたいに、わざと何度もリトル・ベア姫を見て、その繰り返される反応を面白がるようになりました。

第一話　子熊という名のお姫様

　対照的にアレン王子は、そんな二人のやり取りを見て、またあることに気がつきました。その気づきを確かめるために、
「ねえ君、僕たちのこと、嫌いなわけじゃないよね？」
と、リトル・ベア姫に訊いたのです。
　突然の質問にリトル・ベア姫は、びっくりしたのと質問の意味が分からないのとで、ただでさえ大きな目がさらに見開かれ、そのままの表情で固まってしまいました。
（やっぱりだ）
　その反応にアレン王子は満足気にうなずきました。
「なに？　どういうこと？」
　今度はジャン・リュック王子がわけが分からず、怪訝な顔で二人を交互に見ます。
「彼女、僕たちのことが嫌いなわけじゃなくて、怖いだけなんだと思うんだ、たぶん」
「怖い？」
　ジャン・リュック王子はどういう意味だと言わんばかりに眉をぎゅっとつりあげ、（たぶんほとんど無意識で）リトル・ベア姫をにらみました。（もちろんのこと）リトル・ベア姫は、

それはもう天井まで飛び上がるんじゃないかと思うほどにきゅきゅっと縮まり、自分の体を小さく小さくしました。顔はくしゃっとひしゃげ、今にも泣き出しそうです。
　アレン王子があわててジャン・リュック王子をたしなめます。
「正確に言うと、僕らが怖いというより、みんなが怖いんだと思う。これは僕の予想だけど、彼女の身なりや仕草から見て、彼女は、あまり他人に構われない生活をしてきたんじゃないだろうか。でなければこの様相は、仮にも一国の王女であるわりにはひどすぎる」
　そう言って、哀れみをこめた眼でリトル・ベア姫に目線を向けました。
　つられるようにジャン・リュック王子もリトル・ベア姫を見ます。
　リトル・ベア姫はきょとんとした顔で（しかし体は小さく縮めたまま）、二人を交互に忙しく見やりました。
　アレン王子が言うとおり、たしかにリトル・ベア姫は、「誰」や「何」といった特定の対象に対してではなく、誰に

第一話　子熊という名のお姫様

でも何に対しても同じように怖がっているようでした。
「彼女はきっと、うまく人と付き合うすべを知らずに今まで生きてきたんだと思う」
　かわいそうな人だねと、最後に付け加えるようにほそりとつぶやきました。しかしその声は、ほかの二人の耳に届くことはありませんでした。

　アレン王子が新たに組みなおした礼儀作法特訓のスケジュールは、リトル・ベア姫がまず自分たちに慣れるようにと、ゆったりと進められるようになりました。
　時には食事作法をピクニックのように庭で食べるなど環境を変えてみたり、挨拶やお辞儀なども歌にのせて楽しみながら覚えられるようにしたりと、少しでもリトル・ベア姫がリラックスしながらできるように工夫されたものになりました。
　ジャン・リュック王子も面倒くさそうにため息を吐いたり、眉間にしわを寄せたむすっとした表情ではありましたが、愚痴を言うことはなく、すべての内容に付き合いました。
　しかしそれでも、リトル・ベア姫の声を聞くことはできま

せん。
　アレン王子やジャン・リュック王子の言うことに合わせて、一緒に口は動きます。前に比べると二人の言うことに首を傾げることも少なくなり、意味が分からないということもなさそうです。
　それでもなぜか、リトル・ベア姫は話そうとはしませんでした。
　さすがに二人の王子は心配になり、パウリー先生に相談に行きました。もしかしたら『声が出せない』のかもしれないと思ったのです。
「いいえ、リトル・ベア姫の声帯にはなんの異常も見られません。お医者様が言われるには精神的なものでしょうということでした」
「精神的なものとは？」
　アレン王子がその先の原因を訊こうとしますが、パウリー先生は悲しそうに薄く微笑んだだけでした。

　食事をピクニック形式で三人一緒に摂るようになってか

ら、リトル・ベア姫の食べる量は徐々に増えてきました。
　栄養不足で青白かった顔にはほんのりと色が灯るようになり、こけていた頬も心なしかふっくらとしてきた感じもありました。
　食事が摂れないことで補っていた、お薬の混じったミルクのようなものを摂る回数も減り、いつもリトル・ベア姫を取り巻いていた鼻が曲がりそうな臭いも薄れてきました。
　二人の王子が話しかけても固まることは少なくなり（予告もなく不意に声をかけられるとさすがにきゅっと体を鳴らしましたが）、目が合えばぎこちなくはありましたが、自分から笑いかけようとする仕草も垣間見えるようになりました。
　少しずつではありましたが、二人の王子は、着実にリトル・ベア姫が自分たちに慣れてきていると思っていました。

「これならできるだろうと思って」
　そう言ってジャン・リュック王子が持ってきたのは小太鼓でした。小脇に抱え、撥(ばち)でたんたんたんと音を鳴らします。
「音楽を聴いてるときの体の反応が、ちゃんとリズムに乗っ

ていた。リズム感が悪くないなら、この楽器でいけるだろ」
　アレン王子がなるほどと言わんばかりに大きくうなずきました。
　納得のいく答えを見つけたみたいに、二人の王子は顔を見合わせ、笑い合いました。
　そしてリトル・ベア姫の目の前に、その小太鼓は置かれました。
　落ち着いた朱色で彩られた胴の部分には、植物のつるを模した鈍色の装飾があり、ところどころ白金の花が控えめに輝きます。
　リトル・ベア姫は、ジャン・リュック王子から受け取った撥を上から下へと眺めた後、指を指されるままに太鼓にひとつ、ぽんと落としました。
　すると小気味良い明るい音がひとつ鳴りました。
　その音を聞いたリトル・ベア姫の顔も、ぱあっと明るく輝きます。
　撥を両手に持ち、とんとんとんと太鼓を叩きます。そのたびに、答えるように太鼓が音を鳴らします。強く叩けば深く

第一話　子熊という名のお姫様

低い音を、軽く叩けば乾いた高い音を。

　続けて叩くとそれは、まるで太鼓が歌っているように聞こえてきました。

　その歌を自分の手から生み出したことが嬉しくて、リトル・ベア姫は体を揺らしながら、いつの間にか夢中になって叩いていました。

　今まで見たことのない嬉しそうな楽しそうなその顔に、二人の王子は驚いて顔を見合わせました。そしてすぐに自分たちの担当の楽器を持ち出して（ちなみにアレン王子はバイオリン、ジャン・リュック王子はトランペットでした）、一緒に演奏し始めました。

　最初は三人三様で演奏していたばらばらの音は、一音ごとにだんだんと重なり合い、お互いに顔を見ながら、奏でる音を聴きながら、いつの間にか行進曲になっていました。

　三人を取り巻く空気も、なんだか楽しげに弾みます。

　風にそよぐ窓際のカーテンも、音に合わせて踊っているように見えます。窓の外の木々の葉こすれの音は、曲に合わせたコーラスのように聴こえます。

第一話　子熊という名のお姫様

　申し合わせたように一音強く音を鳴らし、一曲が終わりました。
　アレン王子もジャン・リュック王子も、うっすらと額に汗を光らせ、清々しい表情で乱れた息を整えています。
　リトル・ベア姫は、肩を上下させ全身で荒い呼吸をしています。しかし少しも苦しくはなさそうです。
　今までになく高潮した頬は、つやつやした食べごろの林檎がぽくっと張り付いたようです。真珠のようにきらきらと落ちる汗に負けないほど、瞳は光り輝いています。
　そして、初めて、本当に初めて、リトル・ベア姫は心の底から楽しいと思いました。楽しいという気持ちが、自分でも知らないうちに踊りだしたくなるような、歌を歌いたくなるようなものだということを知りました。
　その想いを二人に伝えたくて、リトル・ベア姫は、太鼓をとんとんと叩いて合図し、気づいて自分のほうに振り返った二人に向かって、満面の笑みを作りました。
　いつものおどおどとした自信のなさは微塵もなく、まるでようやく春を迎えた晴れの日の太陽のような笑顔でした。

やはり言葉は聞かれませんでしたが、二人の王子は、その笑顔からリトル・ベア姫の気持ちが解り、それだけで満足でした。

　入学して三ヶ月。ようやく少し、お互いのことを分かるようになってきました。

第二話 『名を継げぬ』王子様

　およそ一ヵ月半後に迫った音楽発表会の曲目も決まり、本格的に楽器の練習も始まりました。

　リトル・ベア姫と小太鼓の相性はとても良く、その腕前は見る見る上達していきました（それはもう、礼儀作法のときとは比べ物にならないほど）。

　演奏に関しては怒られる要素が少ないのもあってか、リトル・ベア姫の顔には少し自信のようなものも表れるようになってきました。

　それはなかなかうまく進まない礼儀作法のほうにもだんだんと良い影響を及ぼし、一つ一つの動きにもメリハリが見られ、形になってきました。

　日を追うごとにいくつかの動きやその意味を関連付けて行えるようにもなり、そんなリトル・ベア姫の様子をアレン王子は、空っぽだった本棚に本という知識が整理されて収められていくような印象を覚えました。

相変わらず声を発することはありませんでしたが、格段と豊かになった表情で、おおよその感情が見て取れるようになってきました。
　最近のリトル・ベア姫はとても楽しそうです。

　一方、ジャン・リュック王子は、音楽発表会への日にちが迫るにつれ、だんだんと不機嫌になってきているようでした。
　もともと気性が激しく怒りっぽい性格ではあるのですが、このごろは、リトル・ベア姫が目立った失敗をしたわけでなくてもついきつい口調になってしまい、姫が泣き出しそうになるのをアレン王子が間に立って収めるという状況がよく見られました。
　普段はマシュマロのような柔らかい（ある意味つかみどころのないともいえますが）対応をするアレン王子でさえも、さすがにジャン・リュック王子の理不尽な当たり方には意見せずにいられませんでした。
　「どうしたんだい？　君は口が悪くても意味もなく当たり散らすようなことはしなかっただろうに」

第二話 『名を継げぬ』王子様

　ジャン・リュック王子は何か言いたげに口を開きますが言葉にはなりません。そのまま黙り込んでいるとアレン王子が続けて言いました。
「最近のあの子は礼儀作法も楽器もがんばってるじゃないか。少しずつだけど、ちゃんと成果も見られるようになってきているし。なのに、何がそんなに気に入らないんだい？」
　アレン王子の言うことごもっともと言いたげに、ジャン・リュック王子は小さくうなりました。ばつが悪そうに顔も伏せたままです。しかし、機嫌が悪いその理由を言おうとはしませんでした。
　アレン王子はそんなジャン・リュック王子の様子を見て、仕方なさげにため息を吐きました。
「とにかく、ただでさえあの子はまだ僕たちと話そうとはしてくれないんだから、これ以上萎縮させるようなことはしないでくれ。音楽発表会までもうそんなに日がないんだから」
　最後は珍しくきつい口調になっていました。
　すると弾かれたように顔を上げたジャン・リュック王子が、顔をゆがませ、爆発したように怒鳴りあげました。

「じゃあ言わせてもらうけどな、お前だってあいつに触るとき、いまだにその手袋を外そうとしないじゃないか。入学したときから一貫して変わってない一線引いた態度で、……お前こそあいつを、心の底ではまだ区別してんじゃないのか?!」
　一気にまくしたてたあと言いすぎたと思ったのか、一瞬ぐっと言葉を飲み込み、リトル・ベア姫をちらと見ました。そして苦虫を噛みつぶしたような渋い顔になり、それでもアレン王子をひとにらみし、そして、ふいとその場を後にしてしまいました。
　二人のやり取りを離れたところからはらはらしながら見ていたリトル・ベア姫は、アレン王子と目が合うとぺこぺことしきりに頭を下げました。
　どうやら二人の言い合いの原因は自分にあると思い、謝っているようでした。
　リトル・ベア姫の気持ちを察したアレン王子は、
「君のせいじゃないから気にしないで」
　と言い、寂しそうに（そしてなぜか苦しそうに）小さく笑

第二話　『名を継げぬ』王子様

いました。

　その後もジャン・リュック王子の態度が劇的に好転する様子はなく、しかし自分でも気持ちのコントロールをしようとしているのは（複雑に変化するいくつもの表情からも）見て取れたので、アレン王子もぎりぎりまでは何も言わずに静観することにしました。

　そうこうして過ごしているうちに、音楽発表会があと三日に迫っていました。

　自国の王子様・お姫様の雄姿を見ようと、各国の王様や王妃様がたくさんの従者を連れてぞくぞくと訪れてきます。
　多くの王子様・お姫様は、普段は一人で過ごすには大きすぎる私室が、このときばかりは王様・王妃様が滞在することで、小さいながらもそれぞれの王室の風景が出来上がります。
　ところが、二日前にすでに来訪しているジャン・リュック王子の父王様や母君様は、なぜか王子の私室では過ごされ

ず、来賓室で滞在されています。

　王子自身もご両親が過ごしている来賓室へ行く様子もなく、それどころか、ご両親が到着した時分から機嫌をますます悪くしていきました。いまでは誰かが声をかけようとすることさえも、全身で拒否しているように見えます。

　その様子をアレン王子は何かを納得したかのように眺め、リトル・ベア姫はいっそうはらはらしながら見ていました。

　そして、そんなジャン・リュック王子の危うい心の均衡は、音楽発表会の前日、母君様との再会時に崩れたのです。

「ジャン・リュック、あなたはまたそんな乱暴な演奏をして。そんなことではいつまでたっても第一王子として認められませんよ」

　三人が最終練習をしている教室の扉が突然開き、甲高い声を響かせながら、貴婦人が一人入ってきました。

　リトル・ベア姫はあまりにびっくりして（ものすごく久しぶりに）椅子から飛び上がり、そのまま二人の陰に隠れ、身を縮こませました。

第二話　『名を継げぬ』王子様

　アレン王子も驚きは隠せないものの、それでも努めて冷静を保とうと、貴婦人の動向を見つめます。そして同時にジャン・リュック王子の様子も窺いました。
　ジャン・リュック王子は静かに、でも貴婦人を見据えるその瞳には、深い怒りとも悲しみともつかない揺らぎが確実に浮かんでいました。
「教室に入られるときはまず、ノックをしてください。
　お妃という立場にあろうお方が、そのような無作法な振る舞いをなさるものではないと思いますが、母上」
　ジャン・リュック王子の口から発せられたその言葉は、今まで聞いたことがないほど丁寧で、沼の底を連想させる冷たく凍るような声でした。
　ジャン・リュック王子の母君様であるその貴婦人は、王子の物言いにピクリと眉をゆがませましたが、ひるむことなく、反対に鼻でせせら笑いました。
「せっかくこの学校に入れたというのに、その成果が見られないようね。相変わらず傲慢で冷たい子だこと。……そのようだから、家臣の者からもはばかられることなく『名を継

げぬ王子』と言われるのよ」

　その一言で、ジャン・リュック王子の顔色がひゅっと変わりました。そして実の母君様に向けると思えないほど、憎悪の塊の、射るような目つきで、激しくにらんだのです。

　さすがに母君様も一歩後ずさり、それでも気圧されまいとするかのように見返し、しかし何も言えず、悔しさを浮かべながら踵をかえして教室を後にしました。

　ジャン・リュック王子は、その後もしばらく母君様の出て行った扉をにらんだまま動きませんでした。肩はいかり、硬く握られた手は小刻みに震えています。

　アレン王子はその後ろ姿を静かに見ていました。あまりに静かで、まるでアレン王子の周りだけ空気が凪いだように感じられました。しかしリトル・ベア姫の側からは、長い前髪にちょうどさえぎられ、アレン王子の表情は見られませんでした。

　そうして何分か経ち、ジャン・リュック王子は、一度も二人のほうには振り向かず、無言で教室から出て行きました。母君様を憤怒の様相で追い返した激しさはもう見られず、教

第二話　『名を継げぬ』王子様

室を出て行くその背中は、肩を落とし、諦めがにじんだ寂しさを漂わせていました。
　その後ろ姿を見送った後、残された二人も口を開けずにいましたが、少し重苦しくなってしまった空気を払拭するかのようにアレン王子がふうと大きく息をひとつ吐き、リトル・ベア姫に微笑みかけました。
「二人で合わせられるところまでやろうか」
　そう言いながら、くいとバイオリンを掲げて見せました。
　リトル・ベア姫はアレン王子の気遣いを嬉しく思い、微笑み返しながらこくんとうなずきました。
　バイオリンと小太鼓だけで奏でる行進曲は、そのまま三人の心を表したようで、軽快な楽曲のはずなのに、あまり楽しく聴こえてきませんでした。尻すぼみのように、何度も音が立ち消えてしまいます。
　ついには二人とも、楽器から指を離してしまいました。
「練習に身が入らないようですね。発表会は明日だというのに」
　教室の扉前にはいつの間にかパウリー先生が立っていまし

た。ジャン・リュック王子と母君様のやり取りを耳にしたのでしょう、言葉とは裏腹に、仕方なさげに眉を下げ、やるせなさの混じったため息をひとつ吐きました。

　ほんの少しの沈黙の後、アレン王子が口を開きました。

「『名を継げぬ王子』の話は聞いたことがありますけど、……それが彼のことだとは知らなかったです」

　寂しそうな声でした。

　リトル・ベア姫は、今までそういった世間のうわさ話をひとつも聞いたことがありませんでしたが、『名を継げぬ王子』という呼称からして、（詳しい事情は知らないにしろ）ジャン・リュック王子が何かしら否定されている立場であることはなんとなく理解できました。

　しかしなぜアレン王子までもが寂しそうなのかよくわかりませんでした。思わず心配そうに、アレン王子の顔を覗き込みます。

　その仕草に気づいたアレン王子が、寂しそうなのはそのままに、ふっと微笑しました。

　二人の様子をそばで見ていたパウリー先生は、（特に事情

第二話 『名を継げぬ』王子様

のよくわからないリトル・ベア姫に聞かせるように）ポツリポツリと話し出しました。

「ジャン・ジャック王――代々王になることを約束された者は、皆、この名を受け継いでいくというしきたりがある王国があって、それが彼の国です。

そして、現王の第一王子として生まれたにもかかわらず、彼は、ジャン・ジャックの名を許されなかった。彼にしてみれば生を受けたその瞬間に名前で区別されてしまったのです。

それでも彼は立派な王子になろうと、何事においても必死にがんばりました。勉強も礼儀作法も……。四年後にジャン・ジャックの名を受け継いだ弟王子が生まれてからも、良き兄でいるために手を抜くことはなかったですし、それどころかますます熱心にすべてを正しく吸収しようとしました。

でも、彼がそうやって努力するほど父王様のご機嫌を損ねてしまい……父王様の覚えも芳しくない彼を、母君様さえも疎ましく思うようになってしまったの。

彼の心の中にはそれはそれはたくさんの疑問があったでしょうね。でもそれを直接ご両親にぶつけることもできな

かった。結果、彼はその葛藤を物やご両親以外の人にぶつけてしまったのね。そうして、傲慢で乱暴な王子というレッテルを貼られてしまった」

　一息に話し終えたパウリー先生の顔は、とても悲しそうでした。

　そして隣のアレン王子を見ると、彼は寂しそうなのを通り越し、何かに傷つき、痛みに耐えているようにも見えました。

　リトル・ベア姫は、教室を出て行くジャン・リュック王子の背中を思い出し、今のアレン王子の顔のように彼もきっと何かに耐えていたんだろうなと思いました。そしてそのことに深い悲しみを覚えました。

「……大丈夫？」

　アレン王子がとても心配そうにリトル・ベア姫の顔を覗きこみました。王子の両手がおろおろと宙を舞い、珍しく動揺しているようです。

　（あまり見たことのない）その姿がとても不思議で、リトル・ベア姫は、かけられた言葉の意味がわからないのもあって、首を傾げました。

第二話　『名を継げぬ』王子様

　すると、傾いだほうの頬にほろほろっと涙がこぼれたのです。
　自分でもびっくりして目をこすりますが、涙は止まることなく溢れ続けます。無理に止めようと顔に力を入れると、今度は、胸の真ん中がぎゅうっとわしづかみにされたみたいに痛くなり、思わず前かがみになってしまいました。
　アレン王子がおそるおそるリトル・ベア姫の背中をさすりました。
　手袋越し、壊れ物を扱うような手つきでかすかに震えてはいましたが、その手は確かに温かく感じられました。
「……母上の実家が、正妃になるには身分が低かった。それだけの理由で、俺は第一王子なのに、ジャン・ジャックの名を継げなかった」
　いつの間にか、二人の背後にジャン・リュック王子が立っていました。
　二人が同時に見上げるとジャン・リュック王子は、笑って応えようとするもそれがうまくいかない複雑な表情をしていて、それも諦めて小さく息を吐き、二人のそばに腰を下ろし

ました。
　「別にそれはいいんだ、仕方がないことだし。名前なんてそんなに重要なことじゃないって思ってた。でもさ、俺が王子としてがんばればがんばるほど、父上は嫌な顔をするんだ、お前は弟を落としいれようとしているのかって」
　やるせなさを隠しもせず、しかし、努めて淡々と話します。
　「母上は、自分が正妃になれなかったのも、俺がジャン・ジャックの名を継げなかったのも、正妃が弟を産んだことも、全部、俺のせいだって言う。毎日毎日。
　……息が詰まりそうだったよ。だから、俺は、すべてを成すことをやめたんだ」
　そう言って、大きくため息を吐きました。それは、今まで胸に溜め込んできたものをやっと吐き出すことができた安堵感だったのかもしれません。彼の目は真っ赤に充血していました。
　リトル・ベア姫は痛みにきしむ胸を押さえたまま、ぶんぶんと激しく頭を振りました。
　「おい、気持ち悪くなるぞ。やめろって」

第二話 『名を継げぬ』王子様

　ジャン・リュック王子は突然のことにびっくりして、あわててリトル・ベア姫の頭をつかみ、止めさせようとしますが、リトル・ベア姫はその手ごと頭を振り続けました。
　泣きながら、まるで訴えているようなその行動は、（相変わらず言葉になって口から出ることはなかったですが）『あなたは何も悪くない』と言っているのが確かに伝わりました。
　（なんだよ、俺だってそんなに泣いたことないのに）
　ジャン・リュック王子はそう思いながらも、自分のために泣いて怒ってくれているリトル・ベア姫を見て、ずっと心の底に居座っていた重く黒い塊が少し軽くなった気がしました。
　そして、あまりに激しく頭を振ったせいでくしゃくしゃになったリトル・ベア姫の髪を見て、つい吹きだしてしまいました。
「最初のころみたいだぞ、この頭」
　堪らず、はははっと声を出して笑ってしまいました。
　アレン王子もつられてくすりと小さく笑い、絡まったリトル・ベア姫の髪を丁寧にほぐしにかかりました。

二人が笑ったことにほっとしたリトル・ベア姫は、いくつも涙の筋がついたままのぐしゃぐしゃの顔で、ふわりと笑みをこぼしました。
　アレン王子がリトル・ベア姫の髪を梳くいつもの光景を見ながら、ジャン・リュック王子はぽそりとつぶやきました。
「……八つ当たりして悪かったな。それと、……ありがとう」
　(まるでブリキの人形のように不恰好に)首をかくんと下げ、次に顔を上げたときには照れくさそうに不器用な笑顔を見せてくれました。
　アレン王子とリトル・ベア姫は、初めてジャン・リュック王子の本当の笑顔を見た気がして(彼の背景を思うと心は痛みましたが)、嬉しく思いました。
　三人のやり取りを何も言わずじっと見守っていたパウリー先生は、(いつもの釣り目気味なのはすっかり鳴りを潜め)ふわりと柔らかな微笑を浮かべ、とても愛おしそうに三人をまとめて抱きしめました。
「明日の発表会、楽しみにしていますからね」

パウリー先生の腕の中でお互いの額をくっつけ合いながら、三人は申し合わせたように（それぞれにはにかんだ照れを見せながら）笑いました。

「そういえば、君のところのご家族はまだ、みえていないんだね」
　パウリー先生が教員室へと戻った後、再び三人で通し稽古をしました。何とか満足のいく演奏ができたと三人ともが意気高揚しながら楽器の後片付けをする中、ふいにアレン王子がリトル・ベア姫に話しかけました。
　アレン王子にしてみれば話の糸口のひとつのつもりでした。しかし言ってしまった後に思わずあっと小さく声を上げ、反射的に手で口を覆ってしまいました。
　今までのリトル・ベア姫のことを思い返せば、彼女の王国内での扱いが容易に想像できたからです。
　しかしリトル・ベア姫は特に気に留める様子もなく、（一瞬きょとんとしましたが）ふるふると頭を振りました。それはいつもと変わらないさりげなさでした。

第二話　『名を継げぬ』王子様

　アレン王子は心の中でほっと息を吐き、そして救われたような気持ちになりました。同時に、初めて、リトル・ベア姫のことをすごいと思いました。
　一国の王女であるにもかかわらず、従者が一人もいないお姫様。誰にも身なりを構われず、誰からも何一つ教育を受けず──。
　彼女は確かに周りから見れば『かわいそうなお姫様』なのかもしれません。自分が今までそう思っていたように。
　しかしリトル・ベア姫は、知らないことばかりで恥ずかしい思いをすることはあっても、知らないのなら知ろうと何に対してもとても前向きです。すべてのことに自信が持てず縮こまってしまうことは大いにあっても、そういうことで自分のことをかわいそうに思ったことはきっと一度もないのです。
　それは言葉では一切語られなくても、いつも心のままに現れる表情や仕草から、確かに感じられるものでした。
　自分を少しでも好く見せようとか、非を知っていながら認めようとしない人が多い中、リトル・ベア姫の真っ直ぐさはとても貴重で、眩しくて、アレン王子は憧れずにはいられま

せんでした。そして、入学当初、まだ身なりの整わないリトル・ベア姫のそばにいることを嫌がった自分を、心から恥ずかしく思いました。

　ジャン・リュック王子のやるせない想いを知った後だからでしょうか、アレン王子は、リトル・ベア姫の無垢な心に触れて、まるで温かな光に包まれたときのように安心しきった笑顔を自然に浮かべ、そして、本当に素直に、するりと口からこぼれていったのです。

「僕のところはね、姉上だけが見に来てくださるんだ。父上も母上も僕のことを嫌ってらっしゃるから……」

　そう言うといつも垂らされたままの前髪をくいと上げました。透き通るような銀の髪がぱらりといくつか落ちる中、初めて現れた彼の右目は、見慣れたもう片方とは違う色をしていました。

　心地よいそよ風が吹く草原を想わせる緑の左目とは対照的な、かけらも残さず燃やし尽くしそうな勢いの炎を思わせる鮮やかな紅。

「左右の目の色が違うだけでも、前世からの因縁を持って

生まれてきたと言われて敬遠されるのに、僕の目は、人の目の色としてはありえない不吉な色だからね、
　……僕は、国では『紅い目の悪魔の王子』って呼ばれているんだ」
　今度はジャン・リュック王子が息を呑む番でした。

郵便はがき

料金受取人払郵便

新宿局承認
8477

差出有効期間
2020年12月
31日まで
（切手不要）

| 1 | 6 | 0 | - | 8 | 7 | 9 | 1 |

141

東京都新宿区新宿1－10－1
(株)文芸社
　　　　愛読者カード係　行

ふりがな お名前		明治　大正 昭和　平成	年生　歳
ふりがな ご住所	□□□-□□□□		性別 男・女
お電話 番　号	（書籍ご注文の際に必要です）	ご職業	
E-mail			
ご購読雑誌（複数可）		ご購読新聞	新聞

最近読んでおもしろかった本や今後、とりあげてほしいテーマをお教えください。

ご自分の研究成果や経験、お考え等を出版してみたいというお気持ちはありますか。
ある　　　ない　　　内容・テーマ（　　　　　　　　　　　　　　　　）

現在完成した作品をお持ちですか。
ある　　　ない　　　ジャンル・原稿量（　　　　　　　　　　　　）

書　名							
お買上 書　店	都道 府県		市区 郡	書店名			書店
				ご購入日	年	月	日

本書をどこでお知りになりましたか?
　1.書店店頭　2.知人にすすめられて　3.インターネット(サイト名　　　　　)
　4.DMハガキ　5.広告、記事を見て(新聞、雑誌名　　　　　　　　　　　　)

上の質問に関連して、ご購入の決め手となったのは?
　1.タイトル　2.著者　3.内容　4.カバーデザイン　5.帯
　その他ご自由にお書きください。
（　　　　　　　　　　　　　　　　　　　　　　　　　　　　　　　　　　）

本書についてのご意見、ご感想をお聞かせください。
①内容について

②カバー、タイトル、帯について

弊社Webサイトからもご意見、ご感想をお寄せいただけます。

ご協力ありがとうございました。
※お寄せいただいたご意見、ご感想は新聞広告等で匿名にて使わせていただくことがあります。
※お客様の個人情報は、小社からの連絡のみに使用します。社外に提供することは一切ありません。

■書籍のご注文は、お近くの書店または、ブックサービス(0120-29-9625)、
**　セブンネットショッピング(http://7net.omni7.jp/)にお申し込み下さい。**

第三話　紅い目を持つ『悪魔』の王子様

　「何百年か前に、四つの大きな町を焼け野原に変えてしまった大規模な火事が起きたんだって。その年の初めに、僕のように紅い目を持つ子供が生まれてて、その子の家族だけが難を逃れたことから、その子がその紅い目で見たものがすべて燃えたんだってうわさが広がって。以来、紅い目は『悪魔』の象徴とされるようになったんだ」
　昔話の本を朗読するみたいに、アレン王子は淡々と語ります。
　「だから生まれた僕が初めて目を開いて、その片方の目が紅いのを見たとき、母上は悲鳴を上げて僕を放り投げたんだ。とっさに姉上と乳母が二人で受け止めてくれなかったら、僕は生きてなかったかもしれないね」
　まるで他人事のように話すアレン王子にジャン・リュック王子は、哀しさと少しの怒りを覚えました。しかしそれをぐっと我慢して、とりあえず最後まで話を聞こうと思いまし

た。

　そんなジャン・リュック王子の気持ちに気づいてか、アレン王子はふふっと微笑して見せました。

「父上は僕の紅い目をなんとか隠そうと王宮から出ることを禁止して、国民には僕はとても病弱な王子だから皆の前に姿を現すことはできないと発表した。何も知らない国民は、王子なのに可哀想と慰めてくれたそうだよ。

　だから父上も母上も僕を抱いたことは一度もない。それどころか僕の真正面には絶対立たなかった。この紅い目で見つめられたら、自分の身が炎に包まれるとでも思ったんだろう。もう片方の緑の目で見られることも、本心から怖がっていたよ。

　さすがに僕も三歳の誕生日を迎えるころには、僕の周りだけが異様に緊張した雰囲気だって分かるようになって、父上、母上と接触することを諦めざるを得なかった。唯一僕のことを怖がらないで接してくれた姉上と乳母にだけ心を開いて、静かに過ごしていたんだ」

　話を聞きながらリトル・ベア姫は、自分の髪を整えてくれ

第三話　紅い目を持つ『悪魔』の王子様

たり、洋服を選んでくれたりしたときのアレン王子を思い出していました。姉姫様とのことを話すそのときの顔は（言葉とは裏腹に）楽しそうに見えて、二人の仲の良さをとてもうらやましく思ったものでした。

　しかしあの笑顔の裏には、自分の想いとは関係のないところで勝手に決め付けられたことに長く深く傷ついているアレン王子がいたことを、いま初めて知ったのです。

　そして、それなのに自分にとても親切に接してくれたこと、その優しさと心の強さに、尊敬せざるを得ませんでした。

「……それなのに、なぜ『悪魔』の王子と呼ばれるようになったんだ。王宮から一歩も出ずに、誰にも見られないようにひっそりと暮らしてたんだろ？」

　怒りと悔しさを混じらせて、しかしその感情を必死に抑えたくぐもった声で、ジャン・リュック王子がつぶやきました。今にも（相手さえも明確にわからないのに）怒鳴りそうになるのを唇をぐっとかみ締めて我慢しているのが、誰の目にも明らかなほどです。

　アレン王子はほんの数秒間、ジャン・リュック王子とリト

ル・ベア姫をそれぞれ見つめました。そして次に白い手袋がはめられた自分の両手をじっと見、……するりとその手袋をはずしたのです。

　初めてあらわになったアレン王子の両の手を見て、二人は同時に息を呑みました。

　ごつごつに骨ばった指の関節、さまざまな方向へと引き攣れる異様な状態の皮膚、手首から手のひらにかけては真っ赤にそして指の先にいくほどに赤黒くなっていく色——。

　色が違えば獣の手と見間違えそうなほど、いえ、それでもやはりその手は動物の持つそれとも違い、この世に存在するとは思えない形をしていたのです。

　瞬間ジャン・リュック王子の顔がゆがんだのを、アレン王子は見逃しませんでした（というよりその表情は見慣れたものでしたから、自然と目に付いたのです）。少し哀しそうに、諦めのため息を吐きました。そして自嘲気味に微笑んだのです。

「醜いだろ？　僕だって見るたびに気持ち悪くて吐きそうになる。こんな手をしてちゃ、そりゃあみんな『悪魔』だっ

第三話　紅い目を持つ『悪魔』の王子様

て騒ぐよね」

「違うだろ、これは生まれつきのもんじゃないだろ？」

その声には黙秘を許さない勢いがありました。

ジャン・リュック王子には、アレン王子の両手のひどすぎるその傷が、どう考えても後天的にできたものだと一目で分かったからでした。

この話をしだして初めて、アレン王子の顔が曇りました。言いよどむように何度も口が開いたり閉じたりを繰り返します。まるでアレン王子の心の葛藤がそこに現れたかのようでした。

「……四歳になったばかりの頃に、僕の部屋のある王宮の西側が火事になってね。この手以外はたいした後遺症もなくすんでしまって、

……そして紅い目はみんなの知るところとなった」

ようやく搾り出すようにそれだけを言って、目をぎゅっと閉じてしまいました。

ジャン・リュック王子は、その火事の原因をも疑っていました。しかしそれ以上問いつめても詳しく話そうとはしない

だろうとも思いました。
　どんなに理不尽な理由で一方的に虐げられようとも、信じたい気持ちがどこかに残っている、そんな経験は自分にも身に覚えのあることだったからです。
　（どうしてこんなに思い通りにいかないんだろうな。多くを望んでいるつもりはないのに……）
　不恰好なアレン王子の両手を見つめながら、ふっと哀笑をもらしました。
　目を瞑ったままのアレン王子は、その暗闇の中で様々なことを考えめぐらせていました。そしてたくさんのつらい思い出にのみこまれそうになったとき、凍ったように感じていた体が、うまく温度を伝えられなくなった指先からほのかに温かくなっていくのに気がつきました。不思議に思い、目を開けてみると――、
　リトル・ベア姫がその小さな小さな両手で、アレン王子の手を包み込んでいました。
　リトル・ベア姫は微笑んでいました。その笑みはまるで聖母マリア様のように、優しさと慈しみで満たされていました。

第三話　紅い目を持つ『悪魔』の王子様

　ジャン・リュック王子ほど深くは、アレン王子の思いを理解していないかもしれません。ジャン・リュック王子の話を聞いたときのような激しい感情の高ぶりは見られませんから。

　それでもアレン王子は、ぐちゃぐちゃに混ざり合った自分の想いのすべてを受け止めて、一緒に泣いてくれていると確かに感じられました。その上でこうして微笑んでくれるのだと。

　ジャン・リュック王子もじっと隣にいてくれました。体だけではなく、心ごと隣に寄り添ってくれているのが分かりました。

　（ああ、温かいな……）

　そう思ったとたん、アレン王子はなんだかほっとしました。硬く結わえられていた心の中の何かがほろっと解けたような感覚でした。そう感じたことで、初めて、自分はずっと気を張って生きてきたのだと自覚しました。

　ジャン・リュック王子を見ました。そしてリトル・ベア姫を見ました。

(きっとこの二人も僕と同じで、無意識に押さえつけられた窮屈な場所で、心も体も小さくして生きてきたんだ)
　入学当初の、音や映像、動くものすべてにおびえ、身を縮こませていたリトル・ベア姫の姿が思い出されました。そして、一見表面上は平静を装っていても、ジャン・リュック王子も自分も、ほかの人から見れば同じようだったに違いないと、アレン王子はようやく気がつきました。
「……僕たちみんな、似たもの同士だね」
　アレン王子の顔はとても安らいで見え、嬉しそうでもありました。
「……だな」
　ジャン・リュック王子も(いつもの皮肉っぽさやさっきまでの哀しげなのは一切払拭され)笑いながら同意しました。
　王子二人の語尾を真似るように、リトル・ベア姫の口が『だね』と動きました。まるで三人で仕掛けたいたずらをこっそり確認し合うような、秘密めいた笑顔を浮かべながら。
　その笑みは二人の王子にも伝染し、いつしか三人は声を殺して笑い合っていました。

第三話　紅い目を持つ『悪魔』の王子様

　それは誰が見ても楽しげな風景でした。

「じゃあ明日、がんばろう」
「完璧な演奏で、みんなをびっくりさせようぜ」
　二人の王子の声かけにリトル・ベア姫は、うなずきながら両手を力強くぐっと握りました。
　そして誰ともなく手を振り合い、三人はそれぞれの私室へと別れて行きました。

　しかし、翌日朝早くの三人の来訪者が、ようやく本来の明るさを見せ始めた三人の顔を、再び曇らせたのです。

　音楽発表会当日。
　緊張と不安であまり眠れなかったリトル・ベア姫は、空が下のほうから薄い紫色になっていくのを、私室の窓から眺めていました。
　窓の縁に置かれた小さな両手は、自然に太鼓を叩くようにリズムをとり始め、目を閉じ、頭の中で何度も楽譜を反芻し

ていました。
　すると、部屋の扉をノックする音が聞こえてきました。反射的に一瞬びくっと身を縮ませます。
　空の色はまだ藍色が残り、すっかり夜が明けたとはいいがたい感じです。時計を見ても起床時間には二時間近くあります。
　扉を開けるべきか考えている間に、またノックされました。
　リトル・ベア姫は意を決して、おそるおそる扉を（それはもうゆっくりとだったので、扉の蝶番がギギイ〜と気味の悪い音をたてて）開きました。
「朝早くからごめんなさいね」
　そう言って、扉の向こうで申し訳なさそうにパウリー先生が立っていました。

　もうじきに朝の会が始まろうというのに、教室にリトル・ベア姫の姿はまだありませんでした。
　遅刻どころか、いつも三十分は早く登校しているだけに、二人の王子は不思議そうに顔を見合わせます。

第三話　紅い目を持つ『悪魔』の王子様

　チャイムが鳴り、教室に先生が入ってきました。ところが、……担任のパウリー先生ではありませんでした。
「パウリー先生は急なお客様のお相手をしているため、遅れていらっしゃいます。このクラスの発表時間までには来ますから」
　それだけを早口で言った後、二人の顔を確認するように順に見、うなずき、
「そろっていますね」
と言いました。
　これにはアレン王子がすかさず挙手しました。
「いえ先生、一人まだ来ていないんです」
　そう言いながらリトル・ベア姫の席を指差しました。
　パウリー先生の代わりの先生は、そう動じることもなく（そういえばと言いたげに）二度うなずきました。
「彼の姫はご家族がいらしたため、来賓室に赴いています。ご挨拶をしてからでしょうから、もう少々遅れてくるでしょう」
　それを聞いてアレン王子は嫌な予感がしました。ジャン・

リュック王子も同じだったようで、すごい勢いでアレン王子に振り向いた後、二人は同時にうなずき、再び先生を見ました。
「彼女がいるのはどの部屋ですか？」
問い終わるが早いか、二人の王子は勢いよく立ち上がっていました。

いくつかある来賓室の中でもひときわ大きい部屋の前に、お供と思われる男の人が二人、扉を挟んだ両側に直立していました。
ジャン・リュック王子は、自分の母君様の部屋がここではないことを知っていたので（かといってほかの学年の生徒のご家族について把握していたわけではないのですが）、まずその部屋だろうと見当をつけました。
主室以外に二間、続き部屋のある部屋だと知っていたので、（お供の男の人は主室の扉の前に立っていましたから）隣の部屋から入り込みました。
中扉から主室をのぞいてみると、——部屋の中央に豪華な

第三話　紅い目を持つ『悪魔』の王子様

　ドレスを着た貴婦人がソファに悠然と座っていて、声高く誰かに向かって話しています。ソファの後ろには（貴婦人ほどではないですが）きらびやかなドレスをまとった少女と、少女よりいくつか年上の少年が並んで立っていて、貴婦人の話しかけている方向に同じように向いていました。

　しかし、貴婦人方の向くほうを見てみても大きな窓があるだけで、人の姿は見えません。

　この部屋にリトル・ベア姫がいるものとばかり思っていた二人の王子は、顔を見合わせてしまいました。

「とにかく、いくらあなたのような姫であっても、そのような不吉なうわさを持つ人たちと同じ教室で学ばせるなんて……お父様が知ったらどう思われるかしら」

　貴婦人がいかにも忌々しいといった表情で言い放ちます。やや興奮気味だからでしょうか、その声は金物を叩くように甲高く響き、耳障りに聞こえました（思わずジャン・リュック王子は耳をふさいでしまいました）。

　しかし、いまの貴婦人の言葉で、『不吉なうわさを持つ』のが自分たちのことで、『あなたのような姫』がリトル・ベ

ア姫のことだと確信しました。そして、リトル・ベア姫がこの部屋のどこかにいることも。
「入学してまだ半年ほどですから、今のうちに連れて帰れば大事には至らないでしょう。また奥の間にひっそりと住まわせれば」
「相変わらず見た目も中身もこんな風で……国にいてもお披露目する予定もない子ですもの、このままでもよろしいのでは、お母様？」
（リトル・ベア姫の兄君様・姉君様と思われる）少年と少女が順に口を開きます。
「そうもいかないわ。お父様の、ひいてはわが国の沽券にかかわりますからね。まさかこの格式高い学校に、そんな子達が入学しているとは」
「名を継げぬ第一王子と、」
「紅い目の『悪魔』の王子」
（何に対しての嘆きなのか）貴婦人は小さく頭を振り、少年と少女は申し合わせたように冷笑しました。
アレン王子とジャン・リュック王子は、三人の態度に愕然

としました。

　自分たちのことはまだしも、肉親であるはずのリトル・ベア姫に対してもまったく愛情が感じられないことに。そして、リトル・ベア姫が国にとって『恥ずかしい』お姫様だと貴婦人方が認識しているということに。

　想像以上の酷さの、祖国でのリトル・ベア姫の扱いに、二人の王子は悔しさと怒りを覚えずにはいられませんでした。

　アレン王子が引き止める手を振り払ってジャン・リュック王子が部屋に乗り込もうとしたとき、

「やめてください！」

　誰かが叫びました。

　小さな声でした。しかし悲壮感は微塵もなく、反対に力強ささえ感じました。

　（アレン王子、ジャン・リュック王子も含めた）その場にいた全員が、一斉に声のするほうに振り向きました。

　二人の王子は、一瞬、薄い茶色のモヘアの毛糸玉が転がっているのかと思いました。でもよく目を凝らして見てみると……、

髪も身なりもぐちゃぐちゃの、まるで入学したばかりのころのリトル・ベア姫が、そこにいたのです。

第四話　私の友達のお話

　初めて聞くリトル・ベア姫の声は、秋の草むらで鳴きおさめる鈴虫のように、弱々しくも凛とした涼やかな音でした。
　とにかく初耳だったので、二人の王子はその声が本当にリトル・ベア姫の喉から発せられたのか確信が持てずにいました。呆然と彼女を凝視していると、リトル・ベア姫は、丸く縮めていた体をゆっくりと起こしていました。
「おやめください、お母様。私のことならまだしも、二人のことまでそのようにおっしゃるのは」
　震える声と体を必死に保とうと、胸の前でぎゅっと両手を組んでいます。
　しかし貴婦人（リトル・ベア姫の母上様）は悲鳴を上げそうに眉をしかめた後、すばやく扇子を広げて（おそらくリトル・ベア姫からの視線を）さえぎりました。そしてヒステリックに早口でまくしたてました。
「しゃべらないでって言ってるでしょう。あなたの声は耳

に突き刺さって頭が痛くなるのよ！」
　二人の王子は耳を疑いました。まさか、リトル・ベア姫が今まで話さなかった理由が、母上様に言われたからなどという理解しがたい理由だとは思わなかったのです。しかし、それほどリトル・ベア姫にとって母上様の存在が（良くも悪くも）大きいのだということも解りました。解っただけに、彼女の心を思うと胸が痛みました。
　「まさかあなた、お母様の言いつけを破って、学校ではそのつぶれた蛙みたいな声をさらしているのではないでしょうね？」
　姉君様が、母上様に負けるとも劣らない剣幕で、同じようにリトル・ベア姫を非難します。リトル・ベア姫は頭を横に振りました。すると今度は兄君様が、
　「お前が急に反抗的な態度を取るようになったのは、そのいわくつきの二人が原因だからだろう？」
　と言い出したのです。
　「いいえ、お二人はとても立派な王子様です！」
　間髪入れないリトル・ベア姫の反言に、母上様方三人は一

第四話　私の友達のお話

瞬ひるみました。

　相変わらず声は小さく震えていましたが、眼に、反論はさせまいとでも言いたげな力強さが見えました。リトル・ベア姫は、息を整えるように小さくひとつ、息を吐きました。

「ジャン・リュック王子はとても強い方です。何も知らない何もできない私を、いつも辛抱強く見守り、待っていてくださいました。彼の言葉は私を勇気付けてくれるのです」

　リトル・ベア姫は、硬く握り締めていた手を解き、胸の前で何かをそっと包み込む仕草をしました。

「アレン王子はとても優しい方です。物事の取っ掛かりをすべて教えてくださり、その先への道標をそこかしこに置いてくれました。彼の微笑みは私に自信をくれるのです」

　リトル・ベア姫はとてもやわらかく、幸せそうに微笑みました。母上様方三人はまたもやひるみました。生まれて初めて見る彼女の微笑だったのです。

「名前がなんだというのでしょう。名前だけでその人の本質が分かるというのでしょうか。将来の姿が見えるのでしょうか。

『ジャン・リュック』という名は彼だけの尊い名前です。彼はその名を持つにふさわしい、雄雄しい王子様です」
　ジャン・リュック王子は思わず自分の胸を見下ろしました。
　今も残る心の底の重く黒い塊。二人のおかげで少し軽くなったそれが、なんだか温かく感じられ、大事な宝物のように思えてきたのです。
「見た目がなんだというのでしょう。一目その姿を見ただけでその人のすべてが分かるのでしょうか。心が知れるのでしょうか。
　彼の眼を真正面から見たことがありますか。あんなに澄んでいて綺麗な瞳を、私は見たことがありません」
　アレン王子は思わず右目に手をやりました。
　燃え盛る炎の色、不吉な紅い色のその目を、二人が怖がらなかっただけでも嬉しかったのに、さらに、リトル・ベア姫は綺麗だと言ってくれました。その言葉が勲章のように心に響いたのです。
「どんなときにも二人が隣にいてくれたから、私は本当の自分の姿や想いを知ることができたのです。二人は私の、

第四話　私の友達のお話

……」
　すうっと大きく息を吸い込みました。そして、
「大切なお友達です!!」
　頬を赤く染めて大きな声できっぱり言いました。そう言えたことが嬉しくてたまらないといった風に、顔中をきらきらと輝かせながら。
　母上様は、見たこともない表情で知りもしない王子たちのことを、自分たち家族に向かって大切と言い切るリトル・ベア姫を、驚きと畏憚(いたん)の目で見ました。
　同じように言葉をなくしていた兄君様が、はっと我に返り、リトル・ベア姫をきつく見ました。
「母上に向かって口答えするなど、そんな自由をお前に許した覚えはない。ただ生きているだけで、ほかには何も役に立たない王女のくせに!」
　稲妻の切っ先のような言葉がリトル・ベア姫を貫こうとした、まさにその時でした。
「失礼します!」
　来賓室主室の扉が勢いよく開きました。

「リトル・ベア姫を迎えに参りました」

凛と張った声で言い、毅然と一礼をしたあと入室してきたのは、いつの間にか戻ってきていたジャン・リュック王子とアレン王子でした。

突然の訪室者に部屋内の空気が一瞬凍りました。とくに直前のリトル・ベア姫への罵声を聞かれた兄君様は、羞恥と怒りをない交ぜにした顔を真っ赤に染めて、二人をにらみつけました。

「君たち、失礼じゃないか。ノックもなしに不躾な」

そんな兄君様とは対照的に、悠々と丁寧にお辞儀をしたのは、ジャン・リュック王子でした。

「申し訳ありません。ですが、もうそろそろ仕度をしなければならない時間でしたので」

落ち着いた力強い声でした。自信に満ち溢れた表情は、リトル・ベア姫の兄君様を無言で圧倒するほどです。

「仕度って、この子は発表会には出させませんよ。こんなみっともない子、皆様の前になんて出せるわけないでしょう。わが国の恥です」

鳥が威嚇するような金切り声で、姉君様が早口でまくしたてました。すると今度はアレン王子が（まるで氷の上を滑るかのように）姉君様に近づき、こちらも優雅にお辞儀をしました。
「そんなことはありません。僕たちの演奏はリトル・ベア姫なしでは成り立ちませんから。貴国ご自慢の王女様の演奏を、ぜひご覧くださいませ」
　余裕を含んだやわらかい微笑みを浮かべながら、誘うように両手を広げました。この仕草には姉君様も面食らったようで、ぱっと頬を赤らめました。
　そして、二人そろって母上様に向き合うと、もう一度敬意をこめた深いお辞儀をしたのです。
　これには母上様も悪い気はしなかったらしく、扇子の陰でこほんと小さく咳払いをした後、
「そこまで言うのなら、拝見させてもらいましょう。この子の進退はその演奏の出来次第で決めることとします」
　と言いました。
　部屋内の空気はほっと息をつき、（和やかとまではいかな

第四話　私の友達のお話

いものの）穏やかさが流れ始めていました。
「では、リトル・ベア姫」
　その流れに乗って、アレン王子がリトル・ベア姫に向かって手を差し伸べました。小さく縮めた体を震わせ、今にも泣き出しそうだったリトル・ベア姫は、吸い込まれるように手を重ねます。
　それを横目で見届けたジャン・リュック王子が、扉前に三人並んだところを見計らって、
「皆様、また後ほどお会いいたしましょう」
　代表して、退室の挨拶をしました。その姿は、どこかの国の王様さながら、威風堂々としたものでした。
　扉が静かに閉まり、部屋内に残された母上様方三人は、あっという間の出来事にしばし放心状態でした。誰ともなく顔を見合わせ、それぞれに、今、颯爽と現れリトル・ベア姫を連れて行った二人の王子のことを回想します。
　確かにいまの二人の王子は、あの公然とささやかれているうわさの王子たちだったはずなのですが、あまりにもうわさとはかけ離れた印象を持ったからでした。

「あれが『名を継げぬ王子』と、『紅い目の『悪魔』の王子』……？」

思わず姉君様の口から、本音の疑問がこぼれ出ました。

さて三人はというと、来賓室を出て扉前のお供の視線からも確実に離れたころ、申し合わせたように顔を見合わせ、三人ともが大きなため息を吐きました（たぶんこれまで生きてきた中で一番大きいと思われるほどの）。

「緊張した！」

「うん、まだ心臓、早鐘打ってるね」

よく見るとジャン・リュック王子の膝やアレン王子の手が小刻みに震えています。

それもそのはずです。それぞれ王子という立場ではあっても、相手は王妃様、しかもリトル・ベア姫の祖国は自分たちの国と比べても大きい国であることは間違いなく（来賓室の大きさに比例しているのです）、言葉は選びましたが、リトル・ベア姫を連れ戻しにきたという事実は明白でしたから。

リトル・ベア姫は、二人の手を取って感謝の意をこめて

第四話　私の友達のお話

ぎゅうっと握り締めました。その表情は嬉しさと申し訳なさを混在させたような顔で、何度も繰り返しありがとうと唱えているのがすぐにわかりました。
「……なんだよ、ちゃんとしゃべろよ」
　わざとぶっきらぼうにジャン・リュック王子が言います。
　しかしそれに対しては、リトル・ベア姫は首を横に振るばかりです。
「いいんだよ、しゃべっても。もう誰も怒らないよ」
　アレン王子が優しく諭してもリトル・ベア姫の首振りはひどくなるばかりです。
　どうやらリトル・ベア姫が話さないのは、しゃべったことを咎められるのが怖いからだけではないようです。彼女の真意を推し量っていると、なにやら蚊が飛ぶような音がさらに消え入りそうに聞こえてきました。二人の王子が耳を澄ませて聞き入ってみると、……どうやらその音は、リトル・ベア姫の声のようでした。
「……だって私の声、蛙とか猿の鳴き声みたいだからって……」

そういえばさっきのやり取りで、リトル・ベア姫の姉君様が『つぶれた蛙』と言っていたのを、二人は思い出しました。きっと今までも（どうしたってそんな風には聴こえないのですが）耳障りとされる音を引き合いに出しては、リトル・ベア姫が話そうとするのを禁じてきたのでしょう。

　あまりの理不尽さにジャン・リュック王子は怒りを覚えました。しかしそれをリトル・ベア姫に言っても仕方なく、ぶつけようのない思いを、ふんと鼻息を荒く吐くことで静めようとしました。

「朝が来たことを告げる鳥のさわやかな鳴き声、それか、音楽でリズムを取るときに鳴らす軽やかな鈴の音。君の声はそういう感じだよ。大きな声を出したら、きっともっと澄んでいて、歌うように聴こえる」

　アレン王子が微笑みながらそう言いました。

「だから、自信を持ってしゃべっていいんだよ」

　その言葉はまるで呪文のようにリトル・ベア姫の心の中に広がっていき、硬くせき止められていた喉元がふわっと解放される感じが確かにしました。

第四話　私の友達のお話

　リトル・ベア姫はアレン王子を見ました。そしてすうっと息を吸い込み、
「手を取ってくれてありがとう」
と言いました。続けてジャン・リュック王子に向き、
「名前を呼んでくれてありがとう」
と言い、にっこり笑いかけました。
　本当に心から嬉しそうにほころぶその笑顔は、いっぺんに百の花が咲き乱れたように可愛らしく華やかに輝いていました。

　リトル・ベア姫の仕度がようやく済んだころには、音楽発表会は、順調に上級生の発表が終わり、残すところ最上級生と三人の演奏のみとなっていました。本当は一番最初に演奏するはずだったのを、パウリー先生がほかの学年の先生にお願いして、順番を入れ替えてもらっていたのです。
　三人は、今日のためにおそろいでしつらえた臙脂色の上着を着込み、舞台袖にいました。
「あ、姉上がいらしてる」

客席を眺めていたアレン王子が、舞台から向かって左側の端のほうを指差しながら言いました。
「演奏が終わったら、君たちのことをちゃんと紹介しなくちゃ。友達だよって」
　珍しく照れくさそうに二人に笑いかけました。
「それで父上と母上に伝えてもらうんだ、僕はみんなと一緒にがんばって勉強してますって。だから、来年の発表会はぜひ見に来てくださいって」
　右目を覆っていた前髪は耳の横でピンで留められています。しっかり両目が見えているからでしょうか、それとも心の持ちようでしょうか、優しい印象はそのままに、どこか頼もしさも感じられます。
「俺も、終わったらもう一度、ちゃんと母上と話してみる。俺なりに、国のために何が出来るのか……。ここで、お前たちと一緒なら、見つけられる気がするし」
　勝気なだけじゃない、やっと探し当てた目的に向かい始めた、意志の強さも備わった顔つきで、ジャン・リュック王子は言いました。

第四話　私の友達のお話

　いつもよりもきゅっと纏め上げた髪型が、リトル・ベア姫の顔をより小さく見せています。それでも自分自身に対して自信をほんの少しつけた彼女の顔は、今までになく生き生きとして見え、小柄なのを感じさせないぐらいです。
　この日のためにアレン王子が選んだ服装は、ボリュームはあるけれど飾りが裾のリボンと控えめなレースというすっきりとしたものでした。足首あたりまでの長さと、編み上げのブーツがとてもバランスがよく、可愛らしく快活さもうかがえます。演奏する曲調や楽器にとても合ったこのセレクトは、これからのリトル・ベア姫を象徴するかのような明るさを感じさせました。
　「私、幸運だと思う。この学校に入学して二人に出逢えて……それってすごい奇跡だと思うの。だから、お母様にお礼を言いにいくわ、『ここに入学させてくれてありがとうございます』って」
　そう言うリトル・ベア姫の横顔はとても穏やかです。
　二人の王子は、静かに舞台の上を見つめるそのまなざしに、すべてを許し包み込む優しさと強さを見ました。そして、自

分たちのことを『大切な友達』と言ってくれた彼女に恥じない人間になろうと、それぞれに心に決めました。
　舞台の上にはパウリー先生が立っています。これから三人が演奏する曲の紹介をしているのですが、なぜか突然言葉に詰まりました。客席が、先生の不自然な沈黙にさわさわしだします。
「……私の、」
パウリー先生が再び話し出しました。
「担当する子供たちは、三人ともが少しずつ複雑な事情を抱えています。それでも、だからこそ、三人ともがお互いを支え合って思いやり合いながら、今日まで練習してきました。その絆は演奏からも感じ取れます」
　いつの間にか客席は静けさを取り戻しています。そして、この場にいる全員がパウリー先生を見つめていました。
「まだまだ拙いかもしれません。でも、どうぞ、最後まで聴いてください。きっと優しさと強さが伝わるはずです。私は、そんな演奏が出来る彼らを、とても誇りに思います」
　そう言うパウリー先生の顔は、きらきらと自慢げに輝いて

いました。
「それでは紹介します。ジャン・リュック王子、アレン王子、そしてリトル・ベア姫です」
いっせいに拍手が沸き起こりました。手を叩く音が津波のごとく押し寄せて、舞台を電流が走ったみたいにびりびりと揺らします。
その振動が伝わり、ジャン・リュック王子は子猫のようにぶるっと身震いをしました。とても心地よい緊張の波でした。
「よし、行こう」
リトル・ベア姫を真ん中に、三人は固く手をつないで、そろって舞台へ踏み出しました。
舞台の中央を照らすまばゆい照明はやわらかいシフォンのようで、晴れやかな笑顔の三人を包み込んでいきました。

あなたにはお友達がいますか？

自分に自信がないばかりに
つい強がってしまうあなたや、
見栄っ張りなあなたや、
それなのに時々どうしようもなく
気弱になってしまうあなたのすべてを、
認めてくれて、受けとめてくれて、許してくれる
お友達が。

そのお友達はきっと、
隣にいてくれるだけであなたを癒し、
救ってくれるでしょう。

そして、
あなたがここにいていい理由となり、
かけがえのない宝物として、
心の中で輝き続けてくれるのです。

これは、そんな私の友達のお話です。

著者プロフィール

ささき まきほ

1970年生まれ。
愛知県出身、同県在住。
著書に『花とお菓子と夜の魔法』(文芸社ビジュアルアート　2008年)、『神様はどこにいる？』(文芸社　2009年)、『明日、あの橋を渡って、』(文芸社　2011年)、『ギフト』(文芸社　2012年)がある。

本文挿し絵／アベ　ミサ

イラスト制作協力／株式会社コヨミイ

マイ　フレンド　ストーリー

2019年3月15日　初版第1刷発行

著　者　ささき　まきほ
発行者　瓜谷　綱延
発行所　株式会社文芸社
　　　　〒160-0022　東京都新宿区新宿1－10－1
　　　　　　　　　電話　03-5369-3060（代表）
　　　　　　　　　　　　03-5369-2299（販売）

印刷所　広研印刷株式会社

©Makiho Sasaki 2019 Printed in Japan
乱丁本・落丁本はお手数ですが小社販売部宛にお送りください。
送料小社負担にてお取り替えいたします。
本書の一部、あるいは全部を無断で複写・複製・転載・放映、データ配信することは、法律で認められた場合を除き、著作権の侵害となります。
ISBN978-4-286-20075-0